À Elodie:
Joyeux anniversaire !

La force des héroïnes

Milo DELAPAGE

TABLE DES MATIÈRES

REMERCIEMENTS

Merci à toutes les personnes qui m'ont encouragé dans l'écriture,
à toutes les personnes dont la personnalité inspire,
à toutes les autrices et tous les auteurs avec lesquels j'ai plaisir à
échanger et qui m'ont conforté dans l'idée d'écrire pleinement et en
gérant la vie des mes livres en totale autonomie, de sa création à sa
publication.
Ce premier livre naît de la confiance que l'on m'a faite.

Chapitre 1 : Boxeuse

17 août 1988, dans une salle d'accouchement, des femmes s'affairent.

« Il est trop tôt. Elle n'est pas prête ! C'est trop tôt ! »

Entourée des personnels du service, une femme tente en vain de garder encore un peu son enfant en elle. « Ce n'est pas l'heure ! » Il semble pourtant bien que si. « C'est trop tôt ! » Apparemment pas. Une mélodie inaudible se joue sous la peau d'une jeune mère : les héros sont toujours jetés dans les épreuves sans avoir pu s'y préparer suffisamment. Une mélodie harmonieuse chantant la beauté s'est mêlée aux tambours de marches guerrières : les rythmes des personnels, de la femme inquiète, de sa mère courant la rejoindre, du bébé qui hésite puis avance, et puis soudain un point d'orgue ! Une inspiration. Qui ressemble à un étouffement se mue en un cri : l'air libre est dur. Mais Élodie est née.

« Comment va-t-elle ? » Sa mère veut la retenir encore : contre elle, cette fois. Des infirmières la lui reprennent : il faut la peser, la mesurer, la tester, la brancher… « Comment va-t-elle ? » La question restera en suspens… Quelques années…

Les peurs, les questions, les cris, n'y changeront rien : Élodie commença sa vie par un combat, et la poursuivra ainsi longtemps. Même lorsque sa vie ne sera plus en danger, même lorsqu'il faudra juste obéir à ses parents… Tout sera défi et affrontement.

« Moins fort ! Moins fort ! Ajuste mieux ton coup et évite de décapiter l'adversaire !

-   OK, Rocky ! »

Et l'adolescente frappe parfaitement.

« - Bien ! Tu vois, que tu sais être fine, aussi ! et ne m'appelle plus Rocky : je vais devoir te le demander combien de fois ?

-   C'est un compliment.
-   J'en doute. Je te connais, Élodie. »

Elle rit. Démasquée. Elle va devoir changer de plaisanterie, mais c'est plus fort qu'elle : il faut qu'elle dise ce qu'elle pense. Et son entraîneur de boxe a vraiment une sale tête… Et il rugit tout le temps !

« - Tu as raison, chef. Je vais t'appeler Tiger ! »

Il fait une moue trahissant sa méfiance : à quoi sa boxeuse préférée pense-t-elle encore ?

Elle file se doucher : aujourd'hui, elle a un rendez-vous important. Elle doit rentrer se préparer. Son enquiquineuse de petite sœur l'a convaincue de l'accompagner à un concert. Elle ne sait même pas de quel artiste il s'agit ! Mais elles seront accompagnées par des amis de leurs parents… Et leur fils. Un garçon plutôt mignon.

« N'oublie pas d'être à l'heure samedi ! » lui hurle Tiger pendant qu'elle ressort des vestiaires. Un grand signe de la main, un large sourire, et le voilà rassuré. Et elle est libre de penser à sa soirée.

Elle a eu besoin de trois heures d'essayage dans sa chambre, interrompues régulièrement par sa mère, son père, sa sœur… Non, mais quelle famille ! Ils ne savent pas ce que c'est, que de grandir ! Les vêtements changent de taille, et même de couleur, à toute vitesse ! Ce qui va le matin n'est plus du tout de bon goût le soir ! Comme la vie devient compliquée ! Et comme si ça ne suffisait pas, elle n'a pas le droit de se maquiller ! Elle se regarde dans le miroir. Certes, ses yeux sont vifs et ses cils sont longs. Ses sourcils, bien dessinés. Ses lèvres sont toujours rouge framboise et sa peau est parfaite. C'est vrai, qu'elle n'a pas besoin de maquillage. Mais pourquoi donc lui répète-t-on qu'elle est jolie ? Elle n'a jamais remarqué. Sans doute une tentative de manipulation, pour la faire plier à toutes ces règles horribles qu'on essaie de lui inculquer depuis sa naissance ! « Sois gentille ! Range ta chambre ! Nettoie ta place ! Blablabla … » Elle se regarde un instant dans la glace : « Miroir, mon triste miroir, dis-moi qui est la plus méchante ? Dis-moi si on m'aimera un jour. »

Sa petite sœur revient à la charge. « Alors ? Tu es bientôt prête ? Moi je suis habillée depuis longtemps ! »

Élodie soupire : bien sûr, elle ne peut pas savoir ce que c'est que d'avoir quinze ans ! Pauline ouvre la porte : « Je peux te coiffer ? » Voilà une bonne idée ! D'accord ! Élodie se prête au jeu : l'enquiquineuse sera sa servante.

« - J'aimerais bien un chignon, tu sais, avec des mini tresses dedans, quelques mèches qui retombent dans le cou et… ces fleurs mauves, aussi !

-   Je vois très bien ! Super, j'adore faire ça ! »

Et la princesse se laisse coiffer. Elle devient soudain reconnaissante : sa sœur a fait un excellent travail ! Elle n'aurait jamais pu soigner ainsi une coiffure. Les mots de Tiger lui reviennent à l'esprit : « Moins fort ! Sois plus fine ! » La finesse semble plutôt être née chez Pauline... Cette dernière sourit : « Je t'apprendrai ! »

Les deux sœurs descendent vers le salon, où elles trouvent, bien habillés... Leurs parents !

« Vous venez aussi ? s'exclame Élodie.

-   Bien sûr ! répond leur père. Tu as l'air déçue...
-   Heu... Mais, je croyais qu'on sortait avec...
-   Oui, aussi, coupe sa mère. Les voici qui arrivent. Partons ! »

Un couple et leur fils saluent, embrassent, discutent quelques minutes, et puis tout le monde monte en voiture pour le concert tant réclamé par Pauline. On arrive au Zénith de Nancy. Élodie ne peut s'empêcher de railler : « Ah ben, quand même ! Ton chanteur passe au Zénith. Je ne connais pas son nom, mais il y en a d'autres qui le savent ! »

Alors, son regard tombe sur une affiche : elle en reste sans voix. Incrédule, elle fixe à tour de rôle chacune des six personnes qui l'entourent en souriant. Ils ne disent rien. Ils sourient seulement. Son idole. La star dont les posters tapissent sa chambre. L'étoile des étoiles brillant dans le firmament des artistes, est là, réelle, et elle va assister à l'un de ses concerts !

« - Joyeux anniversaire ! lance Pauline. Ah, je t'ai bien eue, non ? » Sa sœur explose de rire : elle avait inventé un nom de chanteur pour lui cacher l'énorme cadeau qu'on lui réservait. Élodie est magnifique, reconnaissante, heureuse, et se dit qu'elle vient de recevoir le plus beau cadeau de sa vie.

« - Bon, nos places ne vont pas rester vides, tout de même ! Nous sommes dans le carré d'or. » Les yeux d'Élodie grossissent encore. Ce soir, sa vie ne sera plus que musique entraînante et rêve d'un autre monde.

Elle en oublie même le jeune homme qui les accompagne.

Samedi. Des étoiles encore plein la tête, la boxeuse virevolte et frappe, vise, esquive, semble escrimer et voler, danse sur le ring et place ses poings sans faute. Tiger est fier. À côté de lui, deux personnes discutent en souriant. L'affaire est conclue. Ils offriront à Élodie une place dans leur club.

« Tu es une championne, ça se voit ! Compétition dans un mois ! Et tu seras préparée par les meilleurs ! Reviens me voir quand même de temps en temps ! »

La jeune fille approuve, remercie, et repart en chantant… Elle sait que tout est possible.

Au lycée, elle est entourée d'amis qui aiment sa verve et son énergie. Un groupe de garçons l'observe souvent de loin. Parfois, l'un d'eux ose lui proposer de les rejoindre pour un match de basket. Elle accepte parfois. Lorsque ses amis apprennent qu'elle est qualifiée pour le championnat national de boxe, ils se montrent à la fois fiers et inquiets. Tout le lycée est rapidement au courant et les réactions alternent entre l'enthousiasme et la peur des coups. Pauline aussi le lui avait dit : « Tu risquerais moins de bleus et de bosses avec un autre sport... Tu ne préférerais pas le cross fit ? » Des garçons du lycée sont du même avis. Elle décide donc de ne plus leur parler. Ses amies, jalouses de son succès, lui reprochent de manquer de cœur. N'importe quoi ! Elle fonde donc un journal pour permettre à chacune et chacun de s'exprimer et de partager ses connaissances. Il remporte un vif succès et Élodie s'y réserve une tribune sarcastique sur la vie des ados.

Elle aime trop les défis pour reculer. Durant ses années de lycée, elle réussit : elle finit par devenir championne de France de boxe. Mais les remarques de sa sœur l'influencent. À force de se laisser coiffer, elle finit par s'apercevoir qu'elle est jolie. Mais cela lui importe peu.

Cependant, le monde du sport regorge de journalistes, de chargés de communication... et de financiers. Elle pose des questions, s'intéresse à chacun, se fait un carnet de contacts et d'idées... Le marketing est un monde inconnu qui mériterait d'être exploré.

Elle arrête la boxe. Ses entraîneurs semblent désespérés. Elle n'en a cure.

Elle obtient une mention très bien au bac, mais tout cela est normal. Les félicitations l'atteignent à peine.

De toute façon, elle ne veut pas faire d'études longues : c'est bien trop ennuyeux ! Elle s'inscrit dans la première école qui lui semble intéressante, et passe de plus en plus de temps avec sa petite sœur qui a bien grandi et est devenue sa meilleure amie.

Les garçons peuvent bien attendre : il y en a des milliards, et elle n'a qu'une seule vie.

Chapitre 2 : Sans relâche

Paris. Elle est déjà en troisième année d'école de management et elle a quitté sa ville chérie pour Paris. Pauline y est venue pour lancer une carrière de mannequinat, tout en s'inscrivant sans conviction en licence de sciences du vivant, et l'a suppliée de la rejoindre. C'est chose faite ! Consciente de la superficialité et de la débilisation induite par la vie festive de sa sœur, elle ne la quitte pas. Pauline adore. Élodie juge et fait des efforts titanesques pour ne pas crier tout ce qu'elle pense. Elle se défoule en racontant, dans les moindres détails, leur vie à sa meilleure amie, retrouvée avec joie (et soulagement) à Paris : toutes deux s'admiraient mutuellement pour leur caractère bien trempé. De dos, on aurait pu les confondre, minces et élancées avec leurs longs cheveux. Quoique ceux d'Amandine aient toujours été plus clairs. Mais jusqu'à son entrée à la fac, elle semblait toujours trop occupée pour développer une amitié. Amandine était devenue avocate en droit pénal, aimait défendre les criminels et se délectait à présent des anecdotes légères d'Élodie, et de sa vision du monde de la mode.

Alors, quelle ne fut la stupeur des deux sœurs lorsque, suite à une longue matinée de prises de vues pour Pauline, le photographe interpella Élodie en lui demandant de poser à son tour ! La stupeur fut plus grande encore lorsqu'elle accepta et s'en amusa. Et elle fut à son comble lorsqu'elle prit rendez-vous pour revenir afin de rencontrer une amie de l'artiste, rédactrice en chef d'un magazine de mode ! Sur le chemin du retour, Pauline n'en finissait pas de pouffer de rire : à sa grande sœur si maline, de jouer les poupées idiotes (comme elle le disait elle-même pour se moquer) ! Élodie, ne perdant rien de sa répartie, argumenta que ces photos gratuites lui seraient sans doute utiles pour faire la promotion de son travail, et que si elle pouvait apparaître dans une revue, cela témoignerait de sa polyvalence et de son esprit d'ouverture. À ces derniers mots, Pauline manqua de s'étouffer.

Leur vie à Paris était pleine de contradictions et de rêves. Jusqu'au soir où Pauline ne rentra pas chez elles.

Il n'était pas dans ses habitudes de ne pas informer sa sœur de ses changements de programme. Aussi Élodie fut-elle rapidement inquiète : elle appela son agence, où bien sûr, plus personne ne répondait. Elle appela le centre de sport, qui ne fermait que dans la nuit : Pauline n'était pas venue s'entraîner aujourd'hui, ce qui avait surpris l'un de ses co-équipiers qui l'attendait. Elle appela les amies de Pauline qu'elle connaissait : aucune d'entre elles ne pouvait lui répondre, mais on lui donna les coordonnées d'autres personnes. Élodie garda un ton amusé : « Elle croit sans doute m'avoir prévenue ! je vais lui sonner les cloches… »

Mais durant la nuit, elle ouvrit un carnet neuf et y nota ce qu'on lui avait dit.

« Tony, que je ne connais pas du tout. Il travaille dans le laboratoire où elle a fait un stage. Il ne l'a pas revue depuis des mois, mais a l'air inquiet et veut que je le tienne au courant.

Ensuite, Renata, sa meilleure copine de fac : elles ont prévu de sortir samedi prochain, mais elles ne se sont pas recontactées depuis avant-hier.

Amandine, sa copine avocate : elle ne sait rien et est certaine que je m'inquiète trop vite. Je crois qu'elle n'avait pas le temps de m'écouter, de toute façon.

Isidore, un autre copain de fac : il ne voit Pauline qu'en cours et espère qu'elle sera revenue pour samedi prochain. « Pour une fois qu'on sort ensemble ! » Il se la joue trop, celui-là : il va être déçu.

Théodulfe. Sacré nom ! Bref : il se la joue super inquiet, veut tout savoir. Mais il ne sait rien. C'est Renata qui m'a passé son n°, mais elle n'y croyait pas non plus.

Raphaël et Isabelle, qui font du cross fit avec Pauline… C'est Raphaël qui l'a surtout attendue parce que ce soir Isabelle avait un rendez-vous. Tous les deux sont très surpris qu'elle ne soit pas venue, mais ils attendent qu'elle leur réponde.

Sidney et Evana, que je connais bien : elles sont amies depuis le collège. Elles ne l'ont pas revu depuis leur pause-café d'hier… Elles sont d'accord avec moi : Pauline prévient toujours de ses changements de programme, pour qu'on ne l'attende pas.

Ben je ne suis pas tellement aidée ! »

Bien sûr… Qu'espérait-elle ? Que Pauline ait averti des amis qu'elle ne rentrait pas chez elle alors qu'elle n'avait rien dit à sa propre sœur ? Mais Élodie sentait que l'absence de sa cadette était étrange et imprévue.

Elle saisit à nouveau son téléphone et appela méthodiquement tous les services d'urgence des alentours. Pauline n'y avait pas été reçue. Mais fallait-il s'en réjouir ? Tout bien réfléchi, elle aurait préféré savoir sa sœur blessée, mais hors de danger dans un hôpital, plutôt que disparue. Elle devait attendre la nuit. Puis, elle ira au commissariat.

Elle ne tourna pas longtemps dans son lit. Elle ne pouvait pas dormir.

Alors, elle sortit, longea toutes les rues de son quartier, questionna les rares commerçants ouverts la nuit. Elle poursuivit sa quête jusque dans l'arrondissement suivant. Et elle appela, encore et encore, le portable de sa sœur. Elle écuma les bars, les boîtes de nuit, questionnant sans relâche… On la prenait pour une grande sœur étouffante… Qui eût cru qu'on penserait cela d'elle un jour ?

D'épuisement, elle rentra avant l'aube pour se doucher et reprendre des forces. Elle s'endormit sans s'en rendre compte. Musique de son téléphone : on l'appelait !

Aussitôt sur pied, elle décrocha :

« Élodie ? Je ne te réveille pas ? C'est Sidney. Alors, tu as reçu des nouvelles de Pauline ?

- Non. Quelle heure il est ?
- 6 heures et demie. Tu vas bien ?
- J'ai fait le tour de toute la ville, les commerces, les bars, les boîtes…

-   Oh ! Toute seule ?

-   Ben oui…

-   Je prends ma journée et je te rejoins. Elle n'a pas répondu à mes messages non plus. Attends-moi ! On va retourner dans les commerces, mais d'abord, on refait ses trajets habituels ! J'arrive. »

Elle raccrocha sans saluer. Élodie finissait de se réveiller, bafouilla pour elle-même qu'elles seraient plus efficaces à deux. Retour dans la salle de bain ! Puis elle fit couler du café.

Presque aussitôt, on sonna. Sidney est vraiment rapide ! Elle vit pourtant à l'autre bout de Paris ! Elle se traîna jusqu'à la porte en respirant les effluves de café qui emplissaient le salon. Ouvrit. Un ouragan la saisit :

« Sidney m'a prévenu ! Je suis avec vous ! »

Puis, relâchant son étreinte : « Tiens, j'ai pris des croissants au passage ! » Raphaël entrait et jeta un œil sur le coin cuisine : « Assieds-toi, tu dois être épuisée ! Je suppose que tu as des tasses ici… » et il ouvrit le bon placard.

« On se connaît, avec Sidney et Evana ! Pauline nous a présentés depuis longtemps ! Ce sont ses meilleures copines.

-   Oh, donc tu vas arpenter les rues avec nous ? Je dois aussi signaler sa disparition, mais je me doute que la police me demandera d'attendre avant de m'inquiéter…

-   Non, non, il faut que tu ailles au commissariat ! Ne t'inquiète pas, les autres et moi, on continue tes recherches !

-   Les autres ? »

Et avant qu'elle n'ait eu le temps de tremper son premier croissant dans le café, elle vit arriver Evana, puis Sidney. Puis on sonna à nouveau.

« J'y vais ! s'exclama Raphaël. Il ouvrit à Isabelle.

-   Salut, lança cette dernière. Raph m'a tout dit. Je me suis mise en maladie. »

Sidney prit l'initiative de refaire du café. Raphaël reprit ses conseils :

« Donc, Élodie, va directement au commissariat !

-   Ce sera une perte de temps…

-   Je ne pense pas, l'interrompit Isabelle, les yeux plongés sur son portable. Regarde ! »

Elle brandit son écran : on apercevait un article listant des jeunes filles victimes d'un tueur en série. Élodie lut : il s'agissait d'enlèvements datant de deux ans. Avant qu'elle n'ait le temps de protester, Isabelle expliqua :

« Le coupable est en prison depuis six mois. Mais il prétend être innocent. Et depuis deux mois, des crimes identiques se reproduisent. Toujours dans le coin, entre Versailles et Meaux. Alors tu vois, je ne pense pas qu'on ose te dire que tu t'inquiètes pour rien. »

Élodie était blême. Un tueur en série…

« - OK, reprit Raphaël : il faut que tu te fasses accompagner pour parler à la police. Isa, tu vas avec elle ? »

Son amie était d'accord, mais Élodie se souvint de son amie avocate et de ses discours caustiques sur la police. Elle voulait la rappeler.

Ce qu'elle fit. Mais elle n'obtint que le répondeur d'Amandine. « Je t'en prie, rappelle-moi. Je vais au commissariat. Que dois-je faire ? »

Il fut décidé qu'Isabelle accompagnerait Élodie tandis que les trois autres referaient tous les trajets possibles de Pauline. Peut-être avait-elle eu un malaise, un accident, et était – elle restée blessée ou inconsciente quelque part ? Personne ne croyait à ces hypothèses… Mais cela valait encore mieux qu'un psychopathe tueur en série…

Chapitre 3 : Premiers doutes

Au commissariat, les deux jeunes femmes parlaient précipitamment, et l'agent de garde préféra les isoler pour les confier à un officier. Elles attendirent une heure, se virent proposer un verre d'eau, demander une photo, et furent ensuite interrogées encore deux heures par le lieutenant Tencin. « Mais, partez la chercher !

- Des collègues ont commencé l'investigation. J'ai encore des questions. »

Pendant ce temps, elles envoyaient et guettaient les SMS. Raphaël avait créé un groupe Whatsapp « Retrouver Pauline » sur lequel ils se tenaient au courant de tout… C'est-à-dire de tous les lieux où elle n'était pas. Élodie ajouta Amandine au groupe, puis Renata et Isidore et enfin Théodulfe puis Tony. « Plus on sera nombreux à chercher ensemble, plus on aura de chance… »

Le policier se pencha sur le smartphone : « Attendez, est-ce que je peux lire ? » Il n'attendit pas la réponse pour le saisir, et inspecta les noms. « Donnez-moi les noms de famille de tout le monde, voulez-vous ? Nous les contacterons si besoin. »

Il nota leurs prénoms et numéros pendant qu'Isabelle demandait par SMS les noms de famille qu'elle ignorait. La liste de détectives en herbe fut bientôt complète. Le lieutenant tiqua, chercha rapidement sur son ordinateur… Puis se retourna vers Élodie :

« Que fait Maître Kalt sur votre liste ?

-   Amandine ? Mais c'est une amie ! »

Le lieutenant Tencin était visiblement contrarié. Il lança :

« Maître Kalt est l'avocate de Walbert Half. » Un bref, mais profond silence. Puis Isabelle s'exclama :

« - Le tueur en série ?

-   Lui-même. Vos messages sont du pain béni pour l'avocate qui répète que son client est innocent. L'enlèvement de votre sœur conforte sa position. »

    Il lança un regard soupçonneux à Élodie. Elle comprit immédiatement :

    « - Ma sœur ne jouerait jamais à tromper tout le monde pour faire libérer un criminel ! Jamais !

-   Elle est étudiante, non ? Les étudiants ont souvent des problèmes d'argent, surtout à Paris…

-   Non !

-   Votre sœur a-t-elle des soucis ?

-   Non !

-   Nous vérifierons, vous savez…

-   Allez donc la chercher ! »

Élodie se releva, vexée et furieuse. De potentielle victime, Pauline venait de passer à complice ? Isabelle la rattrapa avant qu'elle ne fonce dans les escaliers. Le lieutenant les rejoignit et s'excusa : il devait envisager toutes les possibilités. Élodie trouva la dernière bien tordue ! Ils échangèrent quelques mots, le lieutenant lui fit enregistrer son n° en premier contact, en cas de besoin, et tenta un sourire trop charmant pour être honnête.

Une fois dans la rue, les jeunes femmes marchèrent vers la butte Montmartre. « Il est 11h et Raph nous donne rendez-vous au « Soleil » pour manger un peu. », lança Isabelle. Elle fixait Élodie et cherchait quoi dire. Elles marchèrent en silence. Isabelle sursauta lorsque le smartphone d'Élodie sonna. C'était Amandine.

« Ma chérie, oh ma pauvre, je viens d'écouter ton message ! Mais ne te mets pas dans cet état, voyons, ce n'est sans doute rien ! Je vais prévenir ta sœur pour qu'elle arrête ses bêtises. Elle a dû croiser un garçon trop mignon et n'est pas encore réveillée, c'est tout !

- La prévenir ?
- Oui, je vais lui laisser un message ! Si elle voit que c'est moi qui appelle, elle écoutera, j'espère ! Parce que c'est inhabituel !
- Nous l'avons appelée des dizaines de fois !
- Oh, tant que ça ?
- Les journaux parlent d'un psychopathe qui a repris ses crimes, tu n'es pas au courant ?
- Oh… Oui, tu as raison…
- D'ailleurs, tu en défends un, non ?
- En fait… Je ne défends que des criminels… C'est mon truc. Écoute, je ne suis pas spécialiste en crimes, je les représente seulement… Si tu crois que c'est si grave, alors il faut aller voir la pol…

-   On en sort. Ils enquêtent.

-   Bien. Très bien. Nous ne pouvons qu'attendre, alors… »

La voix d'Amandine chantonnait presque, de cette mélodie bourgeoise et méprisante… Non, elle ne la prenait pas au sérieux…

Le dôme de la basilique du Sacré-Cœur apparaissait au loin. Élodie sentit soudain un relent de foi venue du passé…

« - … et prier, ajouta-t-elle.

-   Oh oui, prier, aussi. Je dois te laisser, ma pauvre chérie. Mais ne t'angoisse pas trop, veux-tu…

-   Ça ira. Merci.

-   On se tient au courant, n'est-ce pas ?

-   Oui.

-   Bisous, bisous ! »

Elle raccrocha. Isabelle ne dit rien, mais lui prit le bras. Le bar indiqué par Raphaël se dressait à présent devant elles. Un SMS s'annonça sur son smartphone.

Ils étaient là, à neuf, autour de deux tables de bistrot et de bières. Même Tony avait pu les rejoindre. Théodulfe commença :

« Mesdames et Messieurs, voici les faits : Pauline a disparu et nous soupçonnons un enlèvement…

-   Attends un peu, coupa Renata : nous ne soupçonnons pas forcément un enlèvement.

-   Pardon, Ren'. Nous enquêtons. Heu… Élodie, est-ce que je peux t'emprunter le prix du déjeuner ? J'ai oublié mon portefeuille et…

- Heu… Ben oui, OK, répondit-elle sans apercevoir le regard agacé de Renata. Tu me rembourseras demain, ça ira. Retraçons le parcours de Pauline.
- Tout d'abord, intervint Tony, je souhaite poser un fait. Pauline ne suivrait jamais un inconnu, du moins volontairement. Elle a toujours été prudente, soigneuse, méthodique…
- Heu… Oui, certes, intervint Renata. Mais tu l'as seulement vue au travail.
- Nous parlions beaucoup. Les cellules en éprouvettes, ça ne fait pas beaucoup de bruit et ça permet les échanges entre collègues…
- D'accord. Merci. As-tu d'autres faits à exposer ?
- Oui. J'ai apporté une… Attendez… »

Il sortit un rouleau de sa sacoche, le déplia : il s'agissait d'un papier plastifié lisse et blanc, qu'il étendit entre les verres, utilisés pour l'aplatir.

« Voilà, dit-il. Ce sera notre tableau blanc. J'ai ici des feutres effaçables pour lister nos indices.

- Quelle bonne idée ! s'exclama Sidney. Quel est le dernier endroit où on l'a vue ?
- Le bureau de son agent, annonça Élodie. Elle m'a écrit presque à l'instant. Pauline y était passée en fin de matinée et tout était normal. Elle est repartie un peu avant midi.
- Rien d'autre ? demanda Isabelle.
- Non.
- Elle n'est pas venue en cours à 13h, dit Renata. Mais ça n'a rien d'étonnant.

- Pourquoi ? demanda Théodulfe.

- Parce qu'elle venait rarement ! répondit-elle en riant. Je ne sais pas pourquoi elle s'est inscrite !

- Bref, reprit Isidore en riant, sur ce coup-là, elle a fait comme d'habitude !

- Elle devait me retrouver à la salle à 17h, poursuivit Raphaël. Elle a donc disparu entre midi et... 17h au plus tard. Vraiment, demanda-t-il à Renata et Théodulfe, vous êtes sûrs qu'elle n'avait pas prévu de venir suivre les cours ?

- Ben... Sûrs... Comment le serions-nous... serina Théodulfe. Rien n'est jamais sûr ! Elle venait à... Disons... 10 % des cours magistraux, environ...

- Ça manque de précision, tout de même ! tonna Tony. Excusez-moi, mais c'est sérieux.

- Oui, Anthony...

- Tony.

- Pardon. Oui, Tony, répondit Renata. Et toi, Théo, tais-toi ! lança-t-elle, énervée. Considérons qu'on ne peut rien faire de son absence à la fac. Ça ne veut rien dire du tout.

- Donc, puisque ne pas la voir arriver en cours ne nous a pas inquiétés, étant donné que cela se produit souvent, nous devenons revenir à son agence.

- Je peux rappeler son agent.

- Non, dit Tony d'un ton assuré. Nous allons y aller !

- Mais là, c'est l'heure de déjeuner, tempéra Raphaël. Alors, reprenons des forces et ensuite, allons-y!

Puis, se tournant vers Élodie :

« Il ne sert à rien de se précipiter à tout-va. Lorsqu'on ne peut rien faire, il faut reprendre des forces et prendre le temps de penser. Un ventre vide, c'est aussi un cerveau qui pense mal.

- Juste, approuva Tony.
- Tu vas nous faire un schéma neurologique ? questionna Sidney avec malice.
- Non, seulement confirmer que le cerveau a besoin de glucides, de vitamines, d'eau…
- Merci. » conclut Élodie, reconnaissante pour le bon sens et la solidarité de ceux qui formaient désormais avec elle une équipe et avaient pour cela pris des risques ou du retard dans leur travail.

Ils commandèrent donc : Élodie n'avala qu'une salade, étonnée de la déguster avec appétit : elle n'avait pas senti la faim. Les autres mangèrent avec autant de gourmandise qu'à leur habitude, en particulier Théodulfe qui, après une salade Caesar, engouffra une pizza Reine et insista auprès d'Élodie pour qu'elle prenne un dessert. Elle se demanda s'il n'avait pas prévu de lui offrir son repas, pour la remercier de lui avancer l'argent. Après un café, il partit aux toilettes pour « se laver les mains » tandis que les autres payaient : Renata et Isidore se regardèrent d'un air entendu. Elle se pencha vers Élodie :

« Autant que je te prévienne… Il risque de… d'oublier de te rembourser. »

Isidore et elle se regardèrent encore et il précisa :

« - Il ne paie jamais lui-même. Il profite toujours de quelqu'un. Et toi, comme tu ne le connaissais pas… » Il lui lança un regard fâché et ajouta : « j'aurais dû te prévenir…

- Ce n'est pas grave. J'ai un plus gros souci. » conclut Élodie.

Théodulfe revint en souriant, prit Élodie par le bras et fit mine de participer aux recherches :

« Donc, maintenant, direction l'agence !

- Attends ! Nous n'allons pas tous y aller ! intervint Isidore.
- Oui, approuva Renata, retournons à la fac tous les trois pour poser des questions, juste pour être sûrs qu'elle n'y est pas revenue. »
  Théodulfe soupira et accepta de mauvaise grâce.
  « - D'accord, poursuivit Evana : je pourrai aller interroger les commerçants que nous n'avons pas encore vus.
- Je t'accompagne, dit Raphaël. Déplaçons-nous à deux, au cas où.
- Dans ce cas, je vais avec Sidney pour interroger les gens dans la rue, lança Isabelle.
- Moi, je t'accompagne ! » déclara Tony à Élodie.

C'était un soulagement d'être ainsi entourée, par des amis capables de prendre des initiatives : à quelques exceptions près, Pauline savait les choisir.

Chapitre 4 : Ce que cache la beauté

« Afeitary ». C'était le nom de l'agence de mannequinat de Pauline. Dans l'entrée, une longue enseigne aux teintes pastel, souhaitant la bienvenue chez Afeitary Queiziévo, la fondatrice de cette société. L'affable hôtesse d'accueil reçut les visiteurs, entendit qu'ils venaient suite à la disparition de Pauline, et elle leur indiqua mièvrement l'ascenseur et l'étage.

« Cette idiote est aussi une pimbêche, marmonna Élodie dans l'élégant ascenseur.

- Elle est jalouse de Pauline. C'est sûr », affirma Tony.

Élodie sourit à cette idée et la trouva logique. Mais la porte s'ouvrait déjà, vers un espace lumineux et fleuri. Là, aucun accueil, seulement un nombre invraisemblable de portes alignées le long d'un couloir après un espace de pause. Plusieurs personnes passaient d'un bureau à l'autre avec des dossiers sous le bras. Quelques-unes s'avancèrent vers les machines à café et un homme dévisagea sans honte les nouveaux venus. Puis il s'exclama :

« Oh, my God ! My chérie ! Mais je te reconnais, toi ! Tu es la sœur de ma Pau chérie ! »

Élodie le regarda bien, mais ne le reconnut pas.

« Oh, ne cherche pas ! poursuivit-il, elle m'a montré ta photo ! Et tu es bien accompagnée, dis donc ! » ajouta-t-il en déshabillant Tony des yeux. Ce qui ne plut pas à ce dernier, qui s'empressa de recadrer la discussion :

« - NOTRE Pauline chérie a disparu et nous avons besoin d'aide pour la chercher.

- Ben oui, répondit simplement l'inconnu en tournant les talons. C'est ici qu'on la connaît le mieux ! »

Elodie sentit son compagnon bouillir. Elle lui saisit la main pour lui intimer le calme et parla à son tour :

« - Pouvez-vous…

- Tatata ! coupa le jeune homme en leur faisant signe de le suivre, nous allons résoudre ce mystère ensemble, grâce à nos petites cellules grises ! »

Puis il pouffa de rire. Et se retourna :

« Hercule Poirot, vous l'avez reconnu ! Oh, j'adooore les livres d'Agatha ! Voilà, on y est ! C'est le bureau de Mme Queiziévo. Suivez-moi ! »

Une femme d'un âge indéterminé les accueillit avec bienveillance, et tous quatre s'installèrent sur les luxueux fauteuils bleus et doux qui faisaient face à un large bureau en verre. Elle leur fit d'abord servir du thé, puis commença sans attendre les questions d'Élodie, d'une voix lente et calme, légèrement affectée :

« Mes enfants, l'agent de notre Pauline vous a déjà parlé de son rendez-vous avec elle, hier matin. Malheureusement, nous n'avons aucune autre information, et n'avons pas pu la contacter depuis… Cependant, sachez que nous mettons tout en place pour la retrouver. Nous bénéficions de larges réseaux, et dans tous les domaines possibles… sa photo est passée à la télévision et a été publiée dans tous les journaux. J'y ai moi-même veillé. Nous avons indiqué dans toutes nos publications le numéro du bureau de police concerné. Mais, et cela ne m'étonne guère, nombre de gens nous font davantage confiance, et nous envoient des messages. De soutien, surtout. Oh, pauvres de nous, si nous perdions une si précieuse amie ! se plaignit-elle en plaçant le dos de sa main droite sur son front. Heureusement, nous ne sommes pas seules, n'est-ce pas, Andrew ? »

Le jeune homme qui irritait tant Tony approuva en silence.

« - Seulement des messages de soutien, alors, résuma Élodie.

- Oh, nous avons eu quelques informations, que nous avons immédiatement transmises à la police, vous vous en doutez !
- Vraiment ? demanda Tony, qui sembla oublier son agacement.
- Mais, malheureusement, ils ne sont pas considérés comme utilisables… On dirait que tout Paris veut faire son intéressant en racontant tout et n'importe quoi, au cas où cela soit lié à l'enlèvement !
- Donc, vous recevez beaucoup d'informations, mais rien de valable ? Pouvons-nous quand même les lire ?
- Ma pauvre chérie, ce serait peine perdue. Mais si cela peut vous

27

occuper, je vous les confie.

- Madame, suggéra Andrew. Peut-être pourraient-ils, tous les deux, rester ici pour les consulter, et en cas de nouvelle information, ils seraient aux premières loges !
- Mais bien sûr ! répondit la dame, oh, bien sûr ! Comme cela sera pratique ! »

Élodie remercia par politesse, à défaut d'avoir un meilleur plan, et Tony ne fut pas consulté. Tous deux étaient dégoûtés par la publicité que se faisait l'agence, mais qu'y faire ? Combien de personnes leur écrivait, soi-disant pour Pauline, mais en réalité en espérant ainsi ouvrir une porte d'entrée chez Afeitary ? Élodie pensa à Amandine : si la situation n'était pas aussi grave, elles auraient là une belle et cynique histoire dont elles pourraient rire.

Alors qu'ils longeaient tous quatre le couloir décoré de photos de corps somptueusement vêtus mais aux postures peu naturelles, ils entendirent deux femmes avancer vers eux d'un pas décidé. Elles ne semblaient pas avoir l'habitude d'attendre qu'on les invite. Et, de toute évidence, elles n'étaient pas mannequins ! Leurs vêtements étaient adaptés à la marche, voire la course, et elles ne se donnaient pas même la peine de se maquiller. Un jeune homme arriva derrière elle, encore plus pressé. Il était très beau garçon, mince, soigné et musclé.

« J'ai entendu Andrew ! s'écria-t-il. Pardon, Mesdames, laissez-moi passer. Merci. Tu es la sœur de Pau, n'est-ce pas ? »

Les deux femmes le regardaient passer devant elles avec

stupéfaction.

« Je suis Franck, poursuivit le beau jeune homme en souriant de toutes ses dents à Élodie. Oh, vous êtes aussi jolie qu'elle le disait ! Pardon, qu'elle le dit.

- Oui ? s'impatienta Madame Queiziévo.
- Oui, oui, j'y viens ! En effet, Pau est repartie avant midi, hier. Un tout petit peu avant midi… Je dirais… 11h55, ou 11h56…
- Belle précision, félicita Tony.
- Merci. Mais en attendant l'ascenseur, elle a reçu un SMS. Et elle m'a dit : « Ah, je vais déjeuner avec une amie de ma sœur ! C'est amusant !
- Vraiment ? s'exclama Élodie. »

Avant qu'il n'ait pu reprendre, l'une des deux femmes qu'il avait doublées intervint :

« - Nous ignorions ce détail ! Qui est –elle allé rejoindre, et où ? »

Une seconde d'hésitation plana, et l'autre femme se présenta :

« - Bonjour. Je suis la lieutenante de la police judiciaire de Meaux, Christelle Céline. Et voici ma collègue lieutenante à la PJ de Versailles.

- Céline Christelle.
- Non, ce n'est pas une plaisanterie, précisa l'inspectrice Céline. C'est une amusante coïncidence, mais nos noms de famille correspondent au prénom de l'autre…
- Lieutenante Christelle. Voici ma carte : prenez-en tous une.

Nous avons repris l'enquête et nous sommes installées à Paris. »

Après un instant de stupeur, Élodie questionna :

« - Mais laquelle de mes amies a mangé avec Pauline ?

- Une certaine Amanda, ou Amandine.
- Voilà qui est moins précis que l'heure.
- Je suis désolé.
- Je ne connais aucune Amanda.
- Mais nous savons de quelle Amandine il peut s'agir, poursuivit la lieutenante Christelle. »

Élodie peinait à y croire. Pourquoi Amandine ne lui avait-elle rien dit ?

Madame Queiziévo, qui semblait imperturbable, proposa une salle de réunion à Élodie et Tony, ordonna à Andrew de leur apporter toutes les informations en leur possession et à Franck de servir une boisson aux inspectrices de la police. Celles-ci la suivirent d'un air circonspect dans son magnifique bureau.

La salle de réunion aux parfums de fleurs printanières n'était pas moins impressionnante. Un lustre rutilant renvoyait les rayons du soleil en minuscules éclats sur les quatre murs, la table en verre était recouverte d'élégants sous-mains en cuir rose, lesquels portaient un stylo-bille orné d'une plume. Les sièges, plus surprenants, semblaient en peau de croco. Un buffet surmonté de tous les styles de machines à café à dosettes, de carafes de différents jus de fruits et légumes, ainsi que de barres de céréales, longeait le mur sur lequel s'était ouverte la porte.

Ils n'osèrent pas s'asseoir. Le premier réflexe d'Élodie fut d'appeler Isabelle puis Raphaël, espérant une bonne nouvelle.

« Non, mais tu verrais ce qui se passe dehors ! s'exclama Renata. J'ai vu la photo de Pauline à la une de plusieurs journaux, et même de magazines ! C'est la folie ! Et vas-y que je te fais la pub de son agence au passage ! »

« Tout le monde veut laisser son n° pour aider en cas de besoin ! grogna ensuite Raphaël. Mais personne ne l'a vue, en fait ! »

Tony était navré :

« On perd notre temps, ici !

- Nous savons quand même qu'Amandine devait la voir pour déjeuner, hier. Je l'appelle.
- Tu devrais laisser la police la convoquer.
- Une avocate convoquée par la police ? Tu ne connais pas Amandine ! C'est la meilleure avocate de Paris ! Ils n'oseront jamais ! »

Elle lui téléphona. Cette fois, Amandine décrocha.

« Ah, Élodie ! Est-ce que tu as du nouveau ?

- Une seule chose. Nous avons appris que tu avais donné rendez-vous à Pauline pour déjeuner…

- Ah, oui ! C'est vrai !
- Mais … Comment as-tu pu oublier ça !
- Élodie, je ne l'avais pas oublié ! Mais cela aurait lancé la police sur une fausse piste. Et nous ne devons pas perdre de temps.
- Je vois. Dire que je croyais que tu ne croyais pas en son enlèvement. Tu avais l'air de dire…
- Mais si, voyons. Je sais bien que cela est très grave. Mais sache qu'elle n'est pas venue au restaurant. Je ne l'ai donc pas vue.
- Mais… Je ne savais pas que vous étiez en contact.
- C'est que… Oh, et puis zut ! Je voulais t'organiser une surprise pour ton anniversaire. J'avais trouvé son n°, ce qui, entre nous, est très facile ! Et, donc, je lui ai demandé d'organiser ça avec moi ! C'était pour te faire une surprise, ma chérie !
- Oh…
- Elle n'est pas venue, mais j'ai pensé qu'elle avait eu un contretemps et n'avait pas pensé à me prévenir ! Tu sais comment sont les stars !
- Elle n'est pas encore une star.
- Oui, mais bon, c'est pareil. Sur le coup, je ne m'étais pas inquiétée. Mais maintenant, je le suis, inquiète.
- Elle a quitté son agence à 11h56. Vers quel restaurant devait – elle aller ?
- À l'indien de la gare du Nord. Je l'aime beaucoup.
- Ah ? Je ne savais pas que c'était ton genre.
- Mais si, voyons ! Je t'en ai sûrement déjà parlé. Bref : je l'ai attendue vingt minutes, et ne voyant personne, j'ai commandé.

Et elle n'est jamais venue.

- Donc, elle a disparu entre son agence et ce restaurant.

- En effet. Cela nous permet de mieux cerner la zone de recherches, non ?

- Oui…

- Je t'en prie. Tu peux compter sur moi si tu as besoin de conseils. Je dois y aller, je suis au tribunal. Tu me tiens au courant de tout, d'accord ?

- Oui…

- Tu pourras toujours compter sur moi ! Salut, ma chérie ! »

Tony, debout près d' Élodie, avait entendu.

« - Hé bien, elle est toujours aussi speed ?

- Oui, toujours.

- Et elle te met du « ma chérie » partout ?

- Non, répondit-elle lentement. Elle n'est jamais aussi affectueuse, d'habitude.

- En tout cas, elle nous aurait évité de perdre du temps, si elle t'avait dit ça hier !

- C'était un secret entre Pauline et elle…

- Oui, c'est tellement important, une fête d'anniversaire, quand on a un tueur en série sur le dos !

- Ne te moque pas. Elle n'y croyait pas, à l'enlèvement.

- Elle prétend le contraire, maintenant.

- Oh, on ne va pas se critiquer entre nous ! Nous devons au

moins rester solidaires, si on veut avancer !

-   À vos ordres ! Excuse-moi. »

Élodie pensa que Tony était rendu irritable par cet environnement niais et tape à l'œil. Juste à ce moment, Andrew entra, les bras chargés de classeurs.

« - Nous avons tout répertorié par ordre chronologique de signalement ! clama-t-il fièrement. Je peux rester avec vous pour vous aider ? Regardez ! D'abord, Madame Lechat a téléphoné pour dire qu'elle croyait avoir vu Pauline chez son voisin, en regardant par son velux… »

Et il énuméra toutes sortes de témoignages, auxquels tous trois cherchaient un sens.

Régulièrement, quelqu'un passait annoncer que tel magazine allait diffuser des photos inédites de Pauline. « Quel dommaaaage, qu'on en ait pas plus d'elle ! Nous n'en aurons bientôt plus d'inédites ! »

Tony soupirait, Andrew n'y prêtait aucune attention, et Élodie jetait un œil à son téléphone, au cas où on l'alerterait…

Enfin, son smartphone sonna ! Elle décrocha rapidement et entendit la voix claire de Raphaël :

« Il est tard. On fait un point en dînant, d'ac' ?

-   D'ac'.

-   Rendez-vous à l'Astoria. »

Il raccrocha, sans attendre de réponse. Andrew et Franck

demandèrent à Élodie si elle souhaitait revenir pour analyser le reste des témoignages. Elle n'en avait aucune envie, mais ne voulait pas risquer de passer à côté d'un indice… Elle ne sut que répondre. Ils proposèrent alors de monter la garde à l'agence à tour de rôle toute la nuit, pour être à sa disposition si besoin. Elle sourit. Il y avait autre chose que de l'intérêt mercantile chez ces garçons. C'était un vrai dévouement.

Chapitre 5 : Tout n'est que nuit et doute

Dans le métro, Élodie et Tony furent abordés par la lieutenante Céline. Surpris, ils comprirent qu'elle les avait attendus devant l'agence, et suivis.

« Quoi de neuf ?

- Si vous voulez le savoir, restez avec nous ! lança Tony. On retrouve les autres au resto ! Comme ça vous nous entendrez tous !
- Bonne idée. Je vous suis. »

Il en resta sans voix. Ce qui lui arrivait rarement. Élodie rit intérieurement. Puis, toujours intérieurement, pleura : la police semblait aussi impuissante qu'eux…

*****

Noir. Seulement du noir.

Un grognement de colère. Elle se cogna contre une paroi froide et dure, métallique. Puis, un grincement. Au-dessus d'elle, elle devinait le crochet qui déposait un panier de nourriture. Elle avait déjà tenté de s'y accrocher, en vain. On l'avait remonté à toute vitesse et elle s'était assommée contre un plafond très bas. Elle cria :

« AAAH ! Je ne mangerai rien, tu entends !! J'ai lu les news d'Internet, ces derniers mois, je sais qui tu es ! Plutôt mourir de faim que de te donner la satisfaction de me voir me tordre de douleur sous tes poisons ! Tu es malade ! Relâche-moi !! Taré !!! »

Elle frappa le mur. Le coup résonna brièvement. Elle hurla encore pendant qu'une trappe invisible se refermait. Elle tâtonna, trouva une bouteille : peut-être était-ce de l'eau, comme hier… Peut-être pouvait-elle en boire, si cela n'avait aucun goût… Mais par précaution, elle en avait gardé de la veille. Elle donna un coup de pied dans le panier. Puis s'appuya, essoufflée, contre le mur. Des pattes marchèrent sur ses pieds. « AAAH ! Des rats ! »

*****

Élodie sourit au groupe attablé qui l'attendait. Ils étaient presque tous là. Ils dévisagèrent la lieutenante Céline.

« Bienvenue ! lança Isabelle. Vous êtes une autre amie d'Élodie ou de Pauline ?

-   Lieutenante Céline, répondit l'officier en les observant. Tout ce que vous savez peut nous intéresser. Permettez que je me joigne à vous. »

Sidérés par cette annonce inattendue, ils acquiescèrent, puis reprirent leur discussion comme si de rien n'était.

« Nous avons fait le tour de toute l'université ! s'exclama dans un soupir Renata. Et rien, personne n'a rien vu !

- J'ai fait le tour de toute la BU, pour rien ! ajouta Isidore.
- Et… Théodulfe n'est pas revenu avec vous ? questionna Tony.
- Non, répondit laconiquement Renata. Il avait mal à la tête et menaçait de vomir à tout moment.
- Ah oui, compatit Isabelle. Mieux valait qu'il rentre chez lui…
- Oh oui, le pauvre ! se moqua Isidore. Et vous ?
- Nous étions bien partis pour finir tout l'arrondissement, raconta Sidney, jusqu'à ce qu'Élodie nous prévienne de la véritable zone de recherche.
- Quelle zone ? demanda Christelle Céline.
- Hé bien, entre l'agence et la gare du Nord ! répondit Sidney. »

La lieutenante se tourna vers Élodie, qui lui raconta son échange avec Amandine. Elle sortit un carnet et y nota tout. Ce qui rappela à Tony son tableau blanc. Il ressortit le rouleau, le mit à plat sur la table en utilisant les verres comme presse-papier, et ajouta tous les nouveaux indices.

Isabelle poursuivit pour décrire les recherches menées avec Sidney. Mais personne ne l'avait vue. Peut-être aurait-on aperçu, près de la station Poissonnière, deux jeunes femmes partir en camionnette. Cela avait attiré l'attention de deux passantes en raison de leurs tenues qui semblaient davantage faites pour aller en soirée que pour conduire un véhicule de transport. Sidney avait noté les coordonnées des passantes. Christelle Céline les recopia.

Mais Evana et Raphaël avaient fait chou blanc auprès des commerçants.

Ils se tournèrent ensuite, tout naturellement, vers la lieutenante. Elle sourit.

« Je n'ai rien le droit de vous dire.

-   Mm, bien sûr, se moqua Renata. C'est pratique lorsqu'on ne sait rien…
-   Je ne peux pas répondre à cette assertion qui est en réalité une question, Renata, rétorqua l'officier en souriant. Mais, étant extérieure à votre groupe, je pense être plus objective. Et mes collègues avancent… Si jamais je pouvais vous transmettre une information, je le ferai.
-   Le temps presse », ajouta Élodie l'air amer.

Un silence approbateur se fit. « Mangeons, proposa Tony. Nos cerveaux…

-   Ont besoin de…
-   J'allais seulement dire qu'ils ne se nourriraient pas tous seuls. »

Ils rirent. La lieutenante Céline les quitta, les laissant analyser seuls leurs indices. Elle se hâta de sortir, le téléphone à la main.

Après un repas frugal, ils décidèrent de poursuivre leurs recherches. Mais où ? Élodie proposa de chercher tous les lieux désaffectés, où l'on pourrait retenir quelqu'un prisonnier sans crainte d'être entendu.

« Mais elle est peut-être enfermée près de nous, dans une cave !
opposa Tony.

- Mais… on ne sait jamais ! On pourrait tomber sur elle par
  chance !
- Ce serait un miracle, murmura Isabelle.
- Oui, hé bien, ça se pourrait ! soutint Élodie
- À la bibliothèque, j'ai aussi relu ce qui avait été écrit sur les
  précédents crimes de Half et de son imitateur.
- Imitateur… A moins que Half n'ait jamais été coupable !
  proposa Raphaël. Dans ce cas, nous avons à faire à un
  psychopathe qui sévit depuis plus de deux ans !
- Non, il était coupable, insista Isidore. Les preuves étaient
  formelles, mais son avocate s'est tellement démenée qu'elle a
  semé le doute dans les médias.
- Tu es sûr ? demanda encore Raphaël.
- Oui, vraiment. J'ai relu des rapports de la police scientifique
  qui avaient été publiés dans un livre de criminologie.
- Hé bien, tu as bien travaillé, toi ! s'extasia Evana,
  impressionnée.
- Merci, bafouilla Isidore en rougissant. J'aime la recherche et les
  livres sont mes meilleurs outils… Enfin, bref… heu…
  Toujours est-il que l'avocate a retardé l'enquête à cause des
  interruptions des journalistes, puis en semant le doute dans
  l'esprit des jurés… Alors qu'aucun juge n'a jamais remis en
  question la procédure judiciaire. Et ensuite, elle a fait plusieurs

recours qui n'ont pas abouti.

- Ben dis donc, elle s'accroche, celle-là, quand elle défend un client. Si un jour on m'inculpe, je la veux comme avocate ! plaisanta Renata.

- D'accord, coupa Élodie. Donc, il s'agit d'un imitateur. Comme dans les films…

- Si je me souviens bien, tenta Isabelle, la presse présentait les dernières victimes, près de Meaux et près de Versailles, comme des jeunes filles isolées, auxquelles on prêtait peu d'attention… Leur disparition avait été signalée si tard qu'on a supposé qu'elles étaient déjà mortes à ce moment-là…

- Ça ne colle pas avec Pauline ! s'exclama Sidney.

- Mm… Elle n'est pas isolée du tout, mais regardez, dit Tony : elle est absente à la fac, et ça n'étonne personne. Absente à la salle, mais qui allait lancer l'alerte pour un entraînement raté ? Amandine elle-même ne s'est pas tellement étonnée qu'elle ne vienne pas au rendez-vous…

- C'est vrai. Si Élodie ne nous avait pas appelés, nous n'aurions peut-être pas été inquiets, avoua Isabelle.

- Donc, le tueur n'avait pas prévu Élodie dans ses plans. »

Cette hypothèse séduisit le groupe. Jusqu'à ce que Tony intervienne :

« - Mais, le tueur choisit ses victimes, non ? Donc, il les suit, les surveille, au moins plusieurs jours avant de les choisir ?

- Oui, sans doute, approuva Renata.

- Et il ne savait pas qu'elle vivait avec sa sœur, et qu'elle rentrait chez elle chaque soir ?
- Mais… Elle ne rentre pas toujours à la même heure, objecta Evana.
- Mais elle rentre. Tous les soirs.
- C'est vrai », acquiesça Élodie.

Un silence pesa sur la tablée. Ils avaient cru comprendre… Et se trouvaient à nouveau dans le noir.

*****

« Sortez-moi de là !!! »

Elle avait réussi à arracher un morceau de fer dans un coin du mur, une barre qui se dessoudait. Elle frappait l'endroit où lui semblait être la trappe. Encore et encore. Rien ne bougeait.

« J'ai soif… »

*****

Trois heures. Du matin. Ils avaient, tous les huit, cherché les endroits désaffectés dans un rayon de trois kilomètres autour de la gare du Nord. Ils n'avaient rien trouvé. Tony peinait à se tenir debout, Renata et Sidney dormaient dans la voiture de Tony, et les autres, assis sur le sol, cherchaient un nouvel endroit à explorer.

« On a failli se faire tuer au moins quatre fois, commenta Isabelle.

- Heureusement que j'avais ma bombe, crâna Evana. Et qu'Isabelle est une championne de karaté ! En plus du cross fit, ben dis donc !
- Ouais, mais on ne trouve pas. On ne trouve pas… se plaignit Raphaël, comme cherchant dans son esprit une inspiration impossible.
- Désolé, dit Isidore. Je suis vraiment désolé, mais je n'en peux plus. On doit dormir. »

Personne ne put lui répondre. Il avait raison. Ils se levèrent.

Mais Élodie hésitait. Elle pouvait tenir toute la nuit. Elle le pouvait et elle le savait. Raphaël la regarda. Il comprit.

« OK, Tony, on va rentrer. Tu ramènes Renata et Sidney, et aussi Evana et Isidore ? Moi je sais où habitent les autres.

- Entendu. On laisse nos téléphones sur sonnerie, hein ?
- Bien sûr ! »

La première voiture partit tandis que Élodie et Isabelle ouvraient les portières de la Clio de Raphaël en leur faisant signe. Mais, une fois leurs amis hors de vue, ils ne montèrent pas.

« On continue si vous voulez, lança Isabelle. »

Les deux autres approuvèrent sans hésiter.

« Mais nous n'avons plus la lacrymo d'Evana, plaisanta-t-elle.

- De toute façon, c'est interdit, répondit Élodie en essayant de rire. »

Elles ne poursuivirent pas : pendant une seconde, une sirène retentit, brève, juste pour se signaler. Un gyrophare venait d'apparaître sur le terrain vague. Élodie soupira : on allait les retarder.

En effet, une voiture de police se gara près d'eux. Deux policiers en sortirent, vérifiant d'un regard si la Clio avait des passagers.

« Bonsoir. Est-ce que c'est vous, qui allez traîner partout au risque de vous faire tuer ?

- En fait... commença Isabelle, nous ne cherchons pas les ennuis, et nous n'avons rien fait d'illégal.
- Mouais... Ce n'est pas la question. Montrez-nous vos cartes d'identité, qu'on sache qui vous êtes. »

Pendant qu'un agent lisait les trois cartes, le second contournait la voiture.

« Ouvrez le coffre, s'il vous plaît. »

Raphaël obtempéra. Le sous-officier y jeta un œil et le referma aussitôt. Il fit un signe de tête à son collègue. Ce dernier soupira :

« Où sont les autres ?

- Les autres, répéta Raphaël, vous voulez dire…
- Les cinq autres, oui. Nous savons que vous cherchez Pauline, mais laissez-nous le faire. Vous prenez seulement des risques idiots. On nous a signalé des jeunes imbéciles qui vont fouiller les terrains vagues et les coins déserts. Nous vous cherchons depuis un moment déjà.
- On sait ce qu'on fait, rétorqua Isabelle.
- Et on pourrait tomber sur ma sœur… dit Élodie. »

Les deux policiers la regardèrent avec compassion… et une insupportable pitié. Comme si Pauline avait été retrouvée… Mais sans vie. Avant qu'ils n'ouvrent la bouche, elle tempêta :

« Elle est encore en vie ! »

Ils lui répondirent que c'était possible, mais répétèrent leurs ordres : ils devaient rentrer chez eux.

« Est-ce que vous pouvez conduire ? On peut vous déposer.

- Ça va. Je ne suis pas fatigué, répondit Raphaël.
- Mm. On verra.
- Où sont les autres, demanda à nouveau l'autre policier.
- Ils sont rentrés, répondit Isabelle. Ils étaient fatigués.
- Bien. J'espère pour eux. Roulez, et on vous suit. »

Ce qu'ils firent. Dans la voiture, Raphaël était désolé : Isabelle et lui auraient pu tenir toute la nuit avec Élodie pour continuer les recherches.

« Ce n'est pas grave. Ils ont raison. Nous avions si peu de chance… Mais une chance sur mille, même une seule sur mille… ça se tente. »

Mais elle n'avait pas le choix. Raphaël se gara devant chez Élodie : « Est-ce que tu veux qu'on reste avec toi ? On sera prêts à repartir dès qu'on pourra. »

Elle accepta avec reconnaissance.

Mais, méfiants, les deux policiers restèrent garés dans la rue. Il n'était pas possible de repartir.

Ils se préparèrent donc des lits dans le salon. Et dormirent quelques heures.

À 6h, le téléphone d'Élodie sonna.

« Lieutenante Christelle. On vous attend devant chez vous. Venez. Nous avons retrouvé votre sœur. »

Elle sauta sur ses pieds, s'habilla en hâte et dévala les escaliers. Isabelle criait derrière elle, mais elle ne la comprenait pas. Pauline était retrouvée !

C'est seulement dans la voiture de police qui l'emmenait qu'elle pensa à prévenir ses amis : « On a retrouvé Pauline. Je vous tiens au courant ! » Une salve de cœurs, d'emoji joyeux et de « Yes ! » inonda son écran. Elle pleurait. De joie, de soulagement, d'épuisement. Et puis, un message de Raphaël : « Comment va-t-elle ? »

Comment va-t-elle ? Est-ce qu'il demandait si elle était en vie ? La lieutenante avait dit « Nous avons retrouvé votre sœur. » Elle n'avait précisé ni où, ni dans quel état. « Venez. » Mais où ? Au commissariat ? À l'hôpital ? À… la morgue ? Elle n'arrivait plus à respirer. Elle suffoquait. Pourquoi ne lui a-t-on rien dit de plus ? Pourquoi ?

« Hé ! Vous allez bien ? On s'arrête !

- Non… Non…
- Si.
- Non ! »

Ils se regardèrent et continuèrent à rouler. Elle s'aperçut alors qu'il s'agissait des mêmes agents que cette nuit… Ceux qui les avaient suivis il y a trois heures… Seulement trois heures…

Ils arrivèrent à l'hôpital. Ouf !

« Vous allez voir un médecin. Ne discutez pas. »

Non ! L'hôpital, c'était pour elle ! Mais Pauline…

Elle n'avait plus de force, plus de voix. Elle, ne plus pouvoir parler ! Mais comment était-ce possible !

On l'amena vers l'accueil. Elle suivait, se laissait guider. Elle entendait des voix lointaines, mais sans rien comprendre. On l'asseyait dans une salle. Blanche. Tout était blanc. Si blanc. Puis noir.

Chapitre 6 : Le prix de la vérité

« Mademoiselle ! Ça va mieux ? Avez-vous mangé ce matin ? Et hier soir ? Bon… C'était le stress. Je vais lui injecter un anxiolytique, une faible dose devrait suffire. » Les couleurs revinrent.

Elle revit des couleurs autour d'elle. Puis, le bleu des uniformes. La peur. Une peur bleue. Elle observa leurs visages. Les deux agents de police semblaient hésiter. « Est-ce qu'elle peut marcher ? Par précaution, on pourrait la mettre dans un fauteuil roulant, non ? »

Le médecin lui demanda si elle pouvait marcher. Mais ce n'était pas la question importante. Pas LA question.

« Où est Pauline ? »

On lui sourit. Elle est têtue, celle-là !

« Dans un autre service, et sous bonne garde. On vous emmène. Est-ce que vous pouvez marcher ? »

Bien sûr, qu'elle pouvait marcher ! Et courir, même ! Sa sœur était ici ! Vivante !

Elle se leva, chancela, se reprit et voulut courir. Les deux agents ne marchaient pas assez vite, elle les haranguait sans cesse pour qu'ils lui indiquent le chemin, le n° de chambre… Mais connaître ce numéro n'avait pas d'importance. Plusieurs policiers en uniforme, et d'autres en civil, parlaient avec animation devant une porte. Elle était là. Les lieutenantes Céline et Christelle donnaient des consignes et envoyaient des messages. L'une d'elles se tourna vers Élodie :

« Elle a réussi à s'échapper, et nous avons retrouvé le lieu de séquestration. Elle est sous perfusion pour être réhydratée, mais elle va bien. Aucune séquelle physique importante. Elle sera vite remise. C'est une guerrière, votre sœur. »

Elle lui ouvrit la porte. Alors, Élodie vit Pauline sur son lit, le dos relevé et riant aux plaisanteries d'un policier qui lui tendait une barquette de frites.

« Et après ça, le vendeur m'a offert les frites, et même, le jus d'orange avec ! »

La voix de Pauline était rauque, son visage émacié par la faim et plus encore par le stress de ces derniers jours. Élodie n'avait jamais été aussi heureuse de la voir. Elle se jeta sur elle et la garda dans ses bras de longues minutes.

« Mazette, je peux manger mes frites, maintenant ? » Élodie relâcha son étreinte, le cœur gonflé à ne plus pouvoir respirer en rythme. Elles rirent.

« OK, je vous laisse. Je vous donnerai les résultats de la prise de sang dès qu'on l'aura, mais je vous préviens : la drogue risque d'avoir disparu. Il est probable que vous l'ayez ingurgitée dans l'heure qui suit votre dernier souvenir. Mais si quelque chose vous revenait, après votre entrevue à l'agence… Vous avez le numéro des lieutenantes !

- Merci pour tout, Cédric ! »

Le policier la salua avec un grand sourire, et partit comme s'il faisait un travail ordinaire.

La lieutenante Christelle restait dans la chambre.

« Cet agent est celui qui a retrouvé Pauline, expliqua-t-elle. Elle s'est échappée d'un ensemble de conteneurs qui avaient été modifiés. Aucune empreinte, comme pour les précédents enlèvements. Mais pour la première fois, la victime est parvenue à s'échapper.

- Pauline est forte. Elle a toujours eu du caractère.
- Ou bien, c'était prévu… »

Élodie ne la reprit pas. Elle ne comprenait pas en quoi cela aurait pu servir le tueur. Pour l'instant, elle voulait juste être avec sa sœur.

Tony, Renata, Amandine, Isidore, Théodulfe, Raphaël, Isabelle, Sidney et Evana défilèrent à l'hôpital pour féliciter Pauline, à grand renfort de cadeaux, de fleurs et de sucreries. De même, Madame Queiziévo, Andrew, Franck et l'agent de Pauline vinrent manifester leur soulagement.

En aparté, Élodie les présentait à Cédric, l'agent si décontracté qui avait aperçu Pauline se traîner, épuisée, alors qu'il patrouillait dans la forêt de Montmorency.

« Voici Tony, quelqu'un de bien, organisé, précis, honnête. Il travaille beaucoup et a pris un congé pour retrouver Pauline.

- Oh, un bon enquêteur, alors !

- Vous vous moquez, mais oui, exactement ! Renata, une copine de fac, qui est si habituée aux absences de ma sœur qu'elle ne s'est pas inquiétée ! Amandine, mon amie : c'est une brillante avocate qui est débordée de dossiers…

- Plus tellement débordée, à ce que je sais. Son argumentation particulière et son agressivité en ont fait l'avocate que tout le monde s'arrachait, à ses débuts. Elle a obtenu son entrée dans son cabinet actuel grâce à des affaires très connues. Mais on connaît trop bien ses tactiques, maintenant, et elle perd plus de procès qu'elle n'en gagne… Sa réputation est compromise…

- Vraiment ? Elle ne m'a jamais parlé de ses soucis ! Oh, et voici Isidore, lui aussi inscrit dans la même licence que Pauline. Il ne ratait aucun cours… jusqu'à sa disparition ! Il semble adorer les bibliothèques !

- Pauvre de lui !

- Théodulfe… Que dire… Il ne m'a jamais remboursé ce qu'il me devait, et cela semble être une habitude, chez lui.

- Un escroc…

- Oui… Raphaël, et Isabelle ! Tous les deux pratiquent beaucoup le cross fit avec Pauline. Raphaël l'attendait à la salle lorsqu'elle a été enlevée.

- Un alibi, donc.

51

-   Bien sûr, voyons ! Sidney et Evana, de très vieilles copines, que Pauline a gardé depuis le collège !

-   Vraiment ? Impressionnant !

-   Oh, la fameuse Madame Queiziévo, et sa cour de l'agence de mannequins.

-   Ouah… Jolies tenues ! Je les connais. On les voit dans tous les magazines depuis deux jours. »

À chaque fois, l'une des inspectrices restait derrière la porte, faisant mine de discuter avec les agents de garde. À chaque fois, Élodie enregistrait dans sa mémoire tout ce qui était dit, et imaginait le tableau de Tony, de plus en plus complet.

Tony la prit à part :

« Élodie, qu'est-ce que Théodulfe est venu faire ici, à fanfaronner devant Pauline qui n'y voit que du feu ? C'est un lâche et un manipulateur. Il pourrait bien être un psychopathe, non ? Comme le type dans le film de Hitchcock, Psychose.

-   Oh, je ne sais pas… Je me suis posé la même question. Il a vite disparu. Et que faisait-il pendant qu'on partait en recherche ?

-   Il allait lui descendre un panier empoisonné…

-   Mais Pauline ne peut pas dire à quelles heures il passait. Elle était tout le temps dans le noir.

-   Bon. Il y a aussi cette agence, Afeitary. Ils ont bien profité de la situation pour se faire une pub d'enfer !

-   C'est vrai. Mais on ne devient pas un tueur en série pour un coup de pub.

-   Mais justement, le tueur en série est en prison. Et celui qui a enlevé Pauline ne comptait pas la tuer. Elle s'est échappée un peu trop facilement, non ? Tu peux me dire comment on pourrait sortir d'un conteneur, en tapant alors qu'on meurt de faim, s'il est correctement fermé ? C'est impossible ! C'est impossible ! Mais ça fait d'elle une héroïne qui est soudain devenue la star adulée de Afeitary ! Beaucoup de monde profite de son enlèvement, et de son retour ! Et on profitera même de son témoignage ! »

Par ailleurs, les médecins affirmaient que Pauline devait rester sous surveillance à l'hôpital une semaine. Cela semblait si exagéré ! Et pourtant personne ne discutait cet avis. Les médecins parlaient en huis clos avec les inspectrices. Élodie se douta que la police leur avait demandé de garder sa sœur. Pourquoi ?

N'y tenant plus, elle alla à la rencontre des inspectrices Céline et Christelle, demandant à leur parler seule à seules. Elles acceptèrent immédiatement, comme si elles s'y étaient attendu.

« Vous soupçonnez l'un d'entre eux, n'est-ce pas ? Sinon, pourquoi seriez-vous si souvent là, à espionner tous ses visiteurs ?

-   Nous enquêtons, répondit Céline Christelle.
-   Et pour cela, il est plus facile de réunir tout le monde à un endroit où vous pouvez entendre sans en avoir l'air, non ?
-   C'est juste, approuva Christelle Céline avec un sourire. Nous ne pourrions pas convoquer tout le monde au commissariat.
-   Vraiment ?
-   Vraiment. Répondit la policière en souriant.

- Tony et moi… Nous pensons que l'un de nous n'est pas honnête. Il avait disparu pendant que nous cherchions Pauline.
- Théodulfe ? proposa Céline Christelle.
- Oui ! Vous aussi, vous le soupçonnez, n'est-ce pas ? Il cache bien son jeu…
- Il n'est pas le coupable.
- Comment ? Comment le savez-vous ? Mais, il avait prétendu avoir mal à la tête…
- Et il est reparti. Je sais. Nous avons interrogé ses voisins. Puis vérifié leurs dires. Il est parti au cinéma pour voir Barbie. »

Élodie resta sans voix quelques secondes. Son esprit cherchait d'autres explications.

« - Et avez-vous vérifié les alibis des gens de l'agence ?

- C'est fait.
- Et…
- Et, bien que ces gens soient… faux, aucun n'a pu enlever votre sœur.
- Alors… Dites-moi, pourquoi avez-vous dit que vous ne pouviez pas tous les convoquer au commissariat ?
- Parce que notre coupable pourrait utiliser cette convocation contre nous. »

Élodie douta soudain. Elles font probablement fausse route. Et à qui pensait Tony, en affirmant que l'on profitait même du témoignage de Pauline ? Ce n'était pas possible…

Elle quitta l'hôpital rapidement, et se rendit chez le photographe qui lui avait donné rendez-vous pour un shooting. Il était enchanté de la revoir. Bien entendu, elle dut répondre à sa curiosité concernant Pauline, le mystère de son enlèvement, sa séquestration et sa courageuse évasion. Puis, il céda volontiers à sa demande et lui prêta des caméras, les plus petites qu'il avait. Elle appela ensuite Tony et Raphaël : ils étaient les seuls dont elle connaissait de façon certaine les alibis.

« Hé bien, Élodie, c'est une convocation ? Joli sac à dos. Le mauve te va bien, lança joyeusement Raphaël.

- Tu as une piste, pas vrai ? poursuivit Tony.
- Tout juste. Mais pas de preuve. Et la police n'en trouvera pas, parce que notre psychopathe est intouchable, pour l'instant.
- Et donc, tu veux obtenir des preuves ? demanda Tony. Comment ?
- Suivez-moi. Je dois en avoir le cœur net. Je dois savoir. »

Tous trois prirent le métro et arrivèrent dans le XVème. Ils entrèrent dans un ancien hôtel particulier. Élodie fit se cacher Tony et Raphaël puis frappa à la loge. On ouvrit rapidement.

« Bonjour, Madame Dumont. Amandine m'envoie en urgence pour lui scanner des dossiers. Elle est coincée au tribunal ! Mais elle m'a téléphoné et je n'ai pas sa clé…

- Oh, ne vous en faites pas ! Je vais vous ouvrir, ça ira ! La pauvre, si elle a besoin de ses dossiers, il faut les lui envoyer vite !

- Oui, et il y en a pas mal... Elle saura s'y retrouver. Ça va prendre un peu de temps, mais elle ne va pas les traiter tous en même temps, de toute façon !
- C'est sûr ! Si je peux vous aider, dîtes-le moi !
- Merci, Madame Dumont ! Vous êtes toujours formidable ! »

Ainsi, la concierge ouvrit l'appartement d'Amandine à Élodie. Puis ses complices montèrent discrètement.

Aussitôt, elle ouvrit son sac à dos, en sortit de petites caméras qu'elle dissimula derrière des plantes ou coussins dans le salon, qui servait également de bureau. Une fois en place, elle demanda aux garçons de se cacher et d'écouter tout ce qui se dirait. Tony proposa d'enregistrer sur son téléphone, au cas où les caméras seraient débusquées. Raphaël approuva, conseilla de mettre leurs smartphones sur silencieux et ils prirent place.

Deux heures après, Amandine rentra en trombe, Madame Dumont sur ses talons.

Élodie l'interpella du salon :

« Oh, Amandine, il fallait que je vienne !

- Merci, Madame Dumont, vous avez été très gentille, minauda soudain l'avocate avant de claquer la porte et de se précipiter dans son salon. Élodie, que fais-tu ici ? Je n'aime pas cette intrusion !

- Amandine, il fallait que je vérifie ton agenda. Je suis navrée, mais…
- Mon… agenda ? Tu me soupçonnes d'avoir enlevé ta sœur ?
- Tu lui avais donné rendez-vous.
- Et elle n'est pas venue, souviens-toi ! Je te l'avais dit, et redit !
- Mais la drogue a effacé ses souvenirs.
- Oh, elle a été droguée, alors ?
- Oui, comme les précédentes victimes.
- Bien sûr. Admettons. Mais moi, je te dis que je l'ai attendu, puis ai dîné seule.
- Au restaurant, personne ne se souvient de toi.
- Ce restaurant est à la gare du Nord ! Des centaines de personnes y défilent chaque jour ! Il est normal qu'on ne se souvienne pas de moi ! Les serveurs se souviennent de ceux qui se font remarquer, ils ne peuvent pas enregistrer tous les visages, et je paie le plus souvent en espèces.
- Tu n'as donc pas de preuve…
- Et toi non plus ! Qu'est-ce qui te prend, Élodie ? Est-ce que je n'ai pas été à tes côtés quand tu étais inquiète ? Je t'ai téléphoné, rassurée…
- Tu n'es pas venue avec nous pour la chercher.
- Mais j'ai une tonne de travail ! Je ne pouvais pas abandonner mes clients !
- Des criminels.
- Qui ont des droits. C'est grâce à des avocats comme moi que

la justice est crédible. Parce que même les droits des criminels sont respectés.

- Amandine, tu changes souvent d'attitude, tu retournes ce que je dis contre moi régulièrement, tu voudrais te faire passer pour chaleureuse alors, qu'en fait, je ne t'ai jamais vue que pour rire des autres !

- Oh, ma pauvre, et maintenant, tu veux que je sois une gentille fille ? Non, nous sommes pareilles, toutes les deux. Nées pour combattre.

- On vous a vues.

- De quoi parles-tu, encore ?

- Des témoins vous ont vues, Pauline et toi, monter dans une camionnette près de Poissonnière.

- Pardon ?

- Oui. Lors de notre enquête, lorsque nous allions interroger tout le monde, des témoins vous ont décrites, toutes les deux. Vous étiez trop bien habillées pour rouler en fourgonnette. C'est ce qui a attiré l'attention.

- C'est toi qui les as interrogées ? demanda Amandine, l'air faussement surpris.

- Oui, j'étais seule, mais je vais aller le dire à la police. Je n'ai pas le choix, Amandine. Je suis venue pour vérifier ton agenda… Il n'est pas aussi rempli que tu le prétends…

- Si tu ne m'as pas dénoncé, c'est que tu ne crois pas ces soi-disant témoins.

- Je ne voulais pas les croire. Mais j'ai retenu leurs noms.

-   Bon. C'est n'importe quoi ! lança Amandine d'une voix qui se voulait calme. Prenons une bière, et parlons de ça. »

Elle s'éloigna vers la cuisine et de là, lança :

« Ces témoignages ne valent rien, c'est sûr. Je n'ai jamais mis les talons dans une camionnette ! »

Elle revint avec un plateau chargé de deux grands verres de bière, joliment teintées : Élodie reconnut leurs marques préférées.

« Assieds-toi, je t'en prie. »

Élodie s'exécuta, ne quittant pas des yeux celle qu'elle avait si longtemps considérée comme une amie.

« Il y a toujours une explication. Et oui, au travail, ça ne va pas si bien que ça, en ce moment… Il ne faut pas que tu lances de fausses rumeurs, Élodie chérie. Tu signerais ma fin. Alors, nous allons enquêter sur ces témoignages ensemble.

-   Je veux bien. »

Amandine dégusta une gorgée de sa bière blonde. Elle se tut, buvant en silence. Élodie ne toucha pas à sa bière brune.

« Bois, Élodie, et ensuite décris-moi bien ce qu'on t'a dit.

-   Je vais plutôt repartir, Amandine. »

L'avocate devint rouge.

« Tu ne peux pas repartir. Tu ne peux pas entrer chez moi, fouiller chez moi, dans mon agenda, et repartir comme si de rien n'était.

- Que vas-tu faire ? Appeler la police ?
- Mais oui, il y a bien de quoi !
- Très bien. Appelle.
- Mais que veux-tu, à la fin ?
- Que tu avoues, que tu regrettes, que tu sois humaine, Amandine ! »

Alors, l'avocate explosa de rire. Elle se leva, marcha jusqu'à une commode, ouvrit un tiroir, le referma. Pendant ce temps, Élodie vida presque entièrement son verre derrière elle, dans le canapé. Lorsqu'Amandine revint vers elle, elle faisait mine de boire. Amandine sourit.

« Ma chère Élodie, il est vrai que je défends un client accusé à tort, et personne ne me croit. Mais je suis peinée que toi, ma meilleure amie, tu doutes de moi.

- À cause des faits, Amandine.
- Oui, des faits qui t'égarent… Sans parler de la fatigue que tu as accumulée. Vois, ajouta-t-elle en lui tendant des articles de journaux. Comme, grâce à toi et à ton agitation, on a parlé de l'innocence de mon client. Comme ensuite le témoignage de ta sœur l'a confirmé. J'ai toujours su que tu étais facile à manipuler. Pauvre chérie… Si gentille, si fonceuse... »

Élodie fit mine de finir son verre. Elle laissa retomber au sol les coupures de presse en prenant un air fatigué.

« - Cette boisson est vraiment très bonne, tu ne trouves pas ? Là… Tout va bien. Tu vas t'endormir tout doucement. Mais d'abord, tu vas pouvoir marcher et descendre avec moi. On va faire un tour…

- Pour… quoi…

- Ah, pourquoi ? Parce que tu es trop maline, mon amie. Tu me manqueras, c'est sûr… Je te hais. Je vous hais tellement, tous ! Ta sœur ! Elle devait me servir, faire une publicité monstre à mon client, pour que j'obtienne sa libération ! Et ça aurait marché, crois-moi ! Personne ne connaît aussi bien que moi son mode opératoire ! Personne ! Je l'ai imité à la perfection. Je ne perdrai pas son procès, je refuse de perdre ! Moi, je ne perds jamais !

- Tu es un monstre, comme ton client…

- Oui, entre monstres, au moins, on se comprend. Vous, les faibles, qui mettez du sentiment partout, vous ne savez rien de ce qui est important ! Allez, debout !

- Pas tout de suite, finalement ! »

Élodie se redressa soudain, s'éloigna d'elle. Furieuse, Amandine se jeta sur elle. Elle ne pouvait pas perdre. Elle ne le pouvait pas. Alors, Tony et Raphaël intervinrent. Ils n'eurent aucun mal à l'immobiliser et à la maintenir contre le sol.

« Vous auriez pu intervenir avant qu'elle ne me serre le cou !

- Mais il n'y aurait pas eu de tentative de meurtre, sans ça !

- Avec ce qu'elle a avoué, et la bière empoisonnée, j'espère bien que si ! »

Élodie toussa à cette idée. Elle avait laissé un fond de bière dans le verre pour la faire analyser. Pendant que Raphaël maintenait Amandine, Tony appela la lieutenante Christelle.

Elle vint rapidement, accompagnée de son acolyte Christelle Céline. Toutes deux jubilaient de pouvoir arrêter l'avocate la plus détestée de la police parisienne. Les techniciens de la police scientifique opérèrent dans tout l'appartement tandis qu'Élodie se laissait ausculter.

Pauline put quitter l'hôpital, au grand soulagement du personnel soignant, qui s'était lassé du défilé de policiers et de visiteurs de tout style, mais surtout des journalistes envahissant sans vergogne le bâtiment, parfois même en se déguisant en médecin avec une tenue d'aide-soignant et un faux stéthoscope !

Élodie organisa une soirée de retrouvailles digne de leurs émotions !

On fêta toute une nuit la fin du drame qui avait définitivement rapproché des étudiants studieux, des sportifs disciplinés, un scientifique méticuleux, des jeunes filles fêtardes et des mannequins déjantés (en soirée surtout). Théodulfe ne s'incrusta plus dans le groupe, ayant probablement "d'autres naïfs à plumer", comme le fit remarquer avec délicatesse Renata.

Pauline ne sécha plus un seul cours et fit de nombreux stages dans le laboratoire de Tony.

« Dis donc, Élodie, lança Raphaël, il paraît que tu étudies le marketing ! Tu sais que je sors de Sciences Po ?

- Tu plaisantes !
- Pas du tout ! Je me mets à mon compte et peut-être que tu pourrais m'aider ?
- Je préfère la finance…
- Oui, ben justement, là-dessus aussi, on pourrait travailler. »

Sidney, qui voulait revoir Raphaël, profita de l'occasion pour proposer son soutien technique administratif. Tous trois furent enchantés de cette occasion de retravailler ensemble, sans danger mortel cette fois !

Chapitre 7 : Confiance

Août 2023.

« Maman, dépêche-toi !

- Oui, Maman, on va être en retard !
- Non, mais pour une fois que vous êtes prêts à temps ! Oh! J'arrive !
- Papa a réservé un restaurant !
- Celui qu'on adooore !
- Oui, oui…
- En plus, on aime trop la mer !
- Là-bas, mon chéri, c'est l'océan…
- Ouais, ben on aime trop ! J'ai mis mon slip de bain.
- Quoi ? Déjà ? Mais nous n'arriverons que ce soir et…
- Les garçons, cria Cédric, en voiture ! Oh, tu n'es pas encore prête ? »

Élodie leva les yeux au ciel ! Mon Dieu, ce que les gens qu'on aime peuvent être agaçants, parfois ! Mais eux quatre, vont partir en famille. Il lui a promis de vraies vacances ! Elle se demande bien ce que cela veut dire.

*****

Près de Brest. Dans leur gîte rural. Ses abonnements la suivent partout où elle va : ils sont arrivés la veille au soir et son journal est déjà livré.

Le salon sent bon la lavande, mêlée au goût salé de la mer qui semble pénétrer partout. Ou bien, est-ce le parfum de la liberté ? La route a été longue. Tantôt bruyante en raison des cris et des jeux d'enfants, tantôt berçante pendant leurs siestes. Le soleil brille toujours, comme pour rappeler les dernières réussites d'Élodie, et lui promettre que oui, elle mérite ces vacances. Des vacances organisées par son mari. Pour commencer, leur restaurant : il va être temps d'y aller ! Elle aime particulièrement cet endroit pour ses baies vitrées, qui semblent laisser entrer la plage toute entière, avec son petit port. La soirée sera délicieuse.

En passant devant le guéridon rond, elle aperçoit le Dauphiné libéré.

Il affiche deux photos : celle d'Amandine, visiblement prise en prison, et la sienne, reprise d'un article rédigé dernièrement sur sa carrière. Elle sourit à la vue de sa photo : il s'agit de la plus réussie qui avait été prise à Paris, dans le studio où se rendait souvent Pauline. La fameuse séance qui les avait tant fait rire… Elle se penche vers la page : elle n'a pas tellement changé, depuis… Mais pourquoi le plus important journal de sa région l'affiche-t-elle à côté d'une psychopathe ?

D'un regard sérieux, elle lit :

« *La célèbre avocate tueuse a été libérée jeudi 10 août, après un jeu de remises de peine et malgré des salves de recours qui avaient été rejetés. Placée en liberté surveillée, elle était restée enfermée chez elle, un modeste appartement parisien du XVème où l'attendaient ses parents. Sous traitement, il semblerait qu'elle ne l'ait pas poursuivi après sa sortie de prison.*

Comme nous nous en souvenons tous, des meurtres atroces, par empoisonnement progressif de victimes enfermées dans le noir, ont été perpétrés en 2006 avant l'arrestation du coupable, un dangereux tueur en série du nom de Walbert Half. Or, Maître Amandine Kalt, son avocate, avait poursuivi ses meurtres deux ans après, en 2008. Lors du procès, on s'était interrogé sur la part de froide détermination et de déshumanisation nécessaire pour accomplir ces crimes, que ce soit pour gagner un grand procès à un moment où sa carrière était menacée, ou par imitation d'un criminel qui, de client, était devenu son mentor. Le choix de Pauline Amou comme victime fut l'erreur qui causa sa perte. Car Pauline n'était pas moins que la sœur de la célèbre Élodie Amou, la présidente - directrice générale qui a fondé dans le Grésivaudan, entre autres entreprises, Amou Connection, dont nous nous souvenons de la récente entrée en bourse. Désormais richissime et surtout respectée dans le monde des affaires internationales, cette financière et spécialiste du marketing numérique et de la publicité par le new design poursuit son travail tout en voyageant autour du monde. Elle s'appuie sur une solide équipe, qui lui est totalement dévouée, et sur une implacable intelligence que son charme fait parfois oublier… Souvenons-nous des contrats signés au Royaume-Uni et dont ses détracteurs ont prétendu qu'ils avaient été dus à son sourire. Élodie Amou avait, en 2008, déjoué les plans de la diabolique Amandine Kalt et sauvé sa sœur. Il est de notoriété publique qu'elle manifestait déjà une logique et un sens du management exceptionnel, menant ainsi au succès une équipe de détectives amateurs qu'elle avait elle-même formée.

Cela explique sans doute la folie de Maître Kalt, qui a tout saccagé dans son appartement et mis en danger ses propres parents, obsédée par Élodie Amou. La police ne s'est rendu compte de sa rage que lorsque, hier, elle est sortie armée d'un couteau maladroitement caché dans son sac à main, et s'est rendue à la gare, où elle a acheté un billet de train pour Grenoble. Or, ce déplacement ne lui était pas permis. Après l'avoir fait arrêter pour cette raison, la commissaire Céline Christelle a indiqué qu'elle avait prémédité l'assassinat de notre entrepreneure préférée et elle l'a immédiatement fait interner sous surveillance policière en service de psychiatrie. »

Une histoire vieille de quinze ans, qui resurgit. Depuis, que d'événements dans sa vie ! Depuis sa naissance jusqu'à aujourd'hui, jeudi 17 août 2023…

On l'appelle : elle chasse ses réflexions et suit sa famille.

Mais le dîner n'est pas prévu pour quatre. Toute sa famille, et même ses amis, sont réunis, l'attendant autour d'une longue, très longue table ! La surprise est totale. Ils rient, boivent et mangent, plaisantent, pendant que le soleil commence à baisser sur la journée qui célèbre sa vie. Il faut bientôt se préparer pour un autre jour.

Car ce n'est qu'un début. Toute jeune, s'était – elle crue jetée alors qu'on s'accrochait à elle ? On l'a souvent admirée sans voir qu'elle avait besoin d'être écoutée… Mais ce monde souvent cruel est le sien et elle n'en a pas peur. Ce n'est que le début. Jetée dans la vie, elle est éclatante et on lui donnera le nom d'un fleuve né sous l'étoile du Nord et qui s'avance entre les dangers, creusant les montagnes et fonçant vers les plaines, sous l'œil des aigles et des tigres. Le nom de l'Amour signifie également « mur » ou « dragon noir » : il peut être redoutable, cachant sa force, mais ne transigeant jamais avec la vie qui doit couler jusqu'à la mer, jusqu'à ces étendues inconnues qu'il ne craint pas. Telle est Élodie.

Aujourd'hui, elle a décidé de poursuivre son chemin. De nouvelles aventures, encore et toujours ! Un voilier l'attend, toutes voiles hissées, au bout de l'Amour. Des vagues viennent frapper ses pieds et la font sourire. Bien. Il est temps de les suivre. Elle salue son équipage, lit le nom de son bateau : Confiance.

Alors, Élodie rit. Elle se retourne et salue tous ceux et celles qui n'ont pas pu monter à son bord et la suivront de loin. Maintenant, elle le sait : ils resteront là pour elle. Elle est leur chevalière, leur star et leur amie fidèle, et elle possède une part de tous leurs cœurs.

Il n'y a eu que trente-cinq petites années de vie. Ce n'est que le début. Et l'histoire va désormais s'écrire autrement : elle en sera la seule autrice !

Élodie saisit la barre et lance ses ordres : la trente sixième année est commencée ! Bons vents !

De plus en plus petite, sur le rivage qui disparaît, sa mère murmure : « Je suis si fière de toi. » Le vent souffle et emmène son message…

Fin d'un premier temps

Annexe

Afeitary = beauté, en patois des environs de Grenoble, d'après le Dictionnaire du patois des environs de Grenoble, d'Albert Ravanat, Editions A. Gratier et J. Rey, Grenoble, 1911.

Amou = aime, en patois des environs de Grenoble, d'après le Dictionnaire du patois des environs de Grenoble, d'Albert Ravanat, Editions A. Gratier et J. Rey, Grenoble, 1911.

Queizié-vo = taisez-vous, en patois des environs de Grenoble, d'après le Dictionnaire du patois des environs de Grenoble, d'Albert Ravanat, Editions A. Gratier et J. Rey, Grenoble, 1911.

Kalt = froid, en allemand

Half = moitié, en anglais

Et maintenant ?

Chacun.e peut imaginer la suite…

Et mettre un avis sur Internet ☺

Présentation de Milo :

Je m'appelle Milo DELAPAGE et me suis mis à l'écriture pour m'amuser, mais aussi en souvenir de ma grand-mère Dallia.

Elle a eu une vie terrible, et je l'ai peu connue. Heureusement, j'avais repris contact avec elle quelques années avant qu'elle ne nous quitte pour rejoindre, enfin, un monde juste.

En rangeant sa maison, j'ai découvert des recueils de poèmes, des histoires… Je fais le tri, je lis… Je voudrais, un jour, publier ses écrits. Vous ne serez pas déçu.e.s !

Je n'ai pas son talent. Je ne suis pas poète. Mais elle m'a fait sourire, et montré que l'écriture est parfois, seulement, un éclat de rire. Voilà pourquoi j'ai osé m'inspirer de la vie de mes cousines pour leur en inventer une autre : pour rire. Pour faire plaisir à Elodie et fêter son anniversaire d'une façon originale.

J'espère donc que cette courte aventure vous a plu, peut-être émus… Moi, j'y ai mis mon coeur et je veux dire à ma famille que malgré tous nos petits travers, aux uns et aux autres, je les aime. Merci, Dallia.

Printed in Great Britain
by Amazon

39705711R00047